Die Prinzessin des Herzens

Tom Krikowski
Henrike Kuhmann

6. Auflage © SELBST Verlag 06|17 Offenburg
www.tomkrikowski.de
www.illustrationen-der-maerchen.com

Vorwort

Mit diesem Buch möchte ich dazu beitragen, das Feuer deiner Selbst-liebe wieder zu entfachen. Das Feuer mag kleiner geworden sein, weil du es eine Weile unbeaufsichtigt gelassen hast; doch nun kehre zurück um es wieder zu nähren und ihm alle deine Gedanken, Gefühle und Handlungen anzuvertrauen.

Für die Prinzessin

Kapitel 1

Als Sie geboren wurde, schien die Welt einen Augenblick lang still zu stehen – sie stand still, denn eine Seele hatte sich entschieden in einem Körper wiedergeboren zu werden.

Sie war klein und zerbrechlich, ganz sanft und offen, und vertraute, dass sie jemand nähren würde - und sie wurde genährt, gehalten und getragen.

So wuchs sie auf, mit vielen Brüdern und Schwestern und natürlich ihrem Papa und ihrer Mama.

Ihre Eltern bauten ein Haus in einer kleinen Gemeinde, in dem sie alle wohnen konnten, und die Prinzessin des Herzens liebte alle ihre Brüder und Schwestern und natürlich ihre Eltern.

Sie half wo sie konnte und war immer da wenn man sie brauchte – und manchmal, vergaß sie sogar sich selbst –

Kapitel 2

So vergingen die Jahre und die Rasselbande wurde älter.

Die Prinzessin ging zur Schule, wo man ihr versuchte, die liebe zu sich selbst auszutreiben, und half das nichts, gab es ja noch die Kirche, in der man ihr beibrachte sich schuldig zu fühlen.

Oft fühlte sie den Schmerz, z.B. wenn der Lehrer sie vor der Klasse bloßstellte oder später, als sie einen Mann aus einem anderen Land heiraten wollte, und der Pfarrer ihrer Gemeinde, sich weigerte.

Es gibt immer Wege!

Aber manchmal stellte sie sich und ihre Selbstliebe in Frage. Es drängten sich Gedanken auf, wie, *das Leben ist kein Ponyhof* – dabei gibt es bis heute viele Ponyhöfe in dem Land in dem sie lebt, und nicht nur dort. –

Als einer ihrer Brüder den Freitod wählte, wuchsen ihre Ängste, Sorgen und Zweifel. Das Leben, so fing sie an zu glauben, muss hart sein und mehr und mehr vertiefte sich der Glaube an Härte, Strafe und Ohnmacht – nur tief in ihrem Herzen wusste sie noch, dass das Leben Freude und Leichtigkeit sein kann.

- Die Liebe ist eine unbesiegbare Kraft. –

Kapitel 3

So vergingen die Jahre, sie heiratete ihren Mann bei einem anderen Pfarrer und sie wohnte mit ihm mal hier, mal da.

Sie war glücklich, ihr fehlte an nichts, doch jedes Mal, wenn etwas nicht klappte, war sie traurig, da sie noch

nicht verstand, dass auch das vom Leben gut gemeint war. –

- *Das Leben ist mehr, als dass, was man mit den Augen sieht und ohne die Liebe hinter allen Gedanken, Gefühlen und Handlungen ist alles nichts. –*

Wenn der Blick des einzelnen nicht tiefer geht, sondern an der sichtbaren Oberfläche der Dinge und Ereignisse hängen bleibt und man vergisst, dass man selbst den Dingen den Namen gibt, dann wird man immer und immer wieder vom Leben aufgefordert, nach dem tieferen Sinn zu suchen. –

Vom Suchen zum Finden zu kommen ist dann der Weg der Erkenntnis und des größtmöglichen Glücks für sich und damit auch für die Anderen.

Kapitel 4

Sie blieb Kinderlos. Als einer ihrer liebsten Brüder starb und ihr Mann sie auch verließ, wurde ihr klar, dass das mit den eigenen Kindern vielleicht hatte so sein sollen.

Es starben weitere Brüder, und ihre Mutter folgte wenig später.

Sie war nun mehr und mehr auf sich selbst gestellt – ein Kind aus einer Großfamilie, nun fast allein. – Zweifel und Ängste plagten sie und manchmal kamen Gedanken von Schuld und Strafe in ihr auf.

- Niemand strafte sie –

- Man könnte es vielleicht, als einen Weckruf des Lebens sehen, tiefer hinter den Schleier zu blicken. Anzuerkennen, dass der Tod zum Leben gehört, dass wir nur begrenzte Zeit in diesem menschlichen Körper leben und das es gilt, sich auf die Suche zu machen, nach dem Unsterblichen in uns, unserer Seele. –

Ihre Gedanken waren jetzt oft voller Angst. Sie wollte überleben mit dem Wenigen, was ihr die Gesellschaft für ihre Arbeit gab, und gleichzeitig wollte sie sterben, den Kampf aufgeben, sich fallen lassen – um vielleicht damit wieder ihren Liebsten nahe sein zu können.

- Sie wird ihren Liebsten wieder nahe sein – im Leben, ohne zu sterben - in der Verbindung mit allem was ist, bei der sich die Grenzen zwischen ich und du immer stärker auflösen - nur wusste sie das damals noch nicht. –

Kapitel 5

Sie kam mit einem anderen Mann zusammen und blieb in ihrer alten Wohnung.

Sie ging jetzt öfters aus dem Haus, um die Leere, die um sie herum entstanden war, etwas zu füllen.

Es fühlte sich wie der Winter ihres Lebens an und sie war lange in einer Art Schockzustand, indem sie nicht wusste, ob der Frühling je kommen wird. -

So vieles in ihrem Leben war weggebrochen, weggespült worden, so dass es ihr schwerfiel, sich dem Fluss des Lebens anzuvertrauen. Das Leben und sich selbst lieben? Das Licht der Liebe und das Vertrauen am Leben erhalten?

- Wenn man einen langen Weg vor sich hat, beginnt man mit dem ersten Schritt. Man rennt nicht, sondern setzt einen Fuß vor den anderen. –

Sie mochte den Mann, den sie kennengelernt hatte sehr, seine Marotten hingegen missfielen ihr.

Ein paar Jahre vergingen, in denen sie sich liebten und stritten. Sie merkte immer mehr, dass er wohl doch nicht der Richtige für sie war; zumindest nicht für eine liebevolle und ehrliche Zukunft.

Om Mani-Padme Hum

Mögen alle Wesen glücklich sein. Mögen alle Wesen frei von Leiden sein. Möge die Prinzessin des Herzens wieder ihrem Herz zuhören, das leise aber stetig zu ihr spricht, von der Liebe zu allem-was-ist, von der Annahme von allem-was-ist, vom Vertrauen in den eigenen Herzens-Weg. Möge sie sich wieder zur Prinzessin erklären, zur Prinzessin ihres eigenen Herzens - Amen -

Kapitel 6

Auf den Wegen durch die Stadt, in der sie lebte, begegnete sie dann einem dritten Mann.
Er war freundlich und auch hübsch, wie sie. Sie kamen ins Gespräch und trafen sich öfters.

So vergingen die Tage, sie trafen sich jetzt jeden Tag und er verliebte sich in sie.

- Er sah all ihre Traurigkeit in ihren Augen – und wusste zugleich um ihr liebendes Herz und ihre unsterbliche Seele. Er sah in ihr die Prinzessin des Herzens und dachte sich: was ist eine Prinzessin ohne einen Prinz. -

Er blieb jetzt oft bei ihr und half ihr wo er konnte. Er brachte ihr dies, er brachte ihr das und es war ihm genug, wenn sie ihre Sorgen und auch ihr Lachen mit ihm teilte.

Sie beschlossen zusammen zu leben, und das was sie hatten zu teilen.

Wunderbare Dinge geschahen, alles wurde leichter und schöner, auch wenn die Prinzessin es manchmal zu übersehen schien und an ihren ersten Mann dachte, mit dem ihr an nichts fehlte – so lange er da war. –

- Ja, die Vergangenheit – sie ist vergangen. Und die Zukunft – sie liegt in weiter Ferne. Der einzige Moment ist jetzt; der ewig währende Augenblick – der einzige Zeitpunkt, indem alles möglich ist und in dem Veränderung stattfinden kann. Lieben-was-ist, ist der

Schlüssel zu innerem Frieden und Glückseligkeit; und der innere Frieden führt zu äußerem Frieden. – Die Liebe ist der einzige Weg zu Frieden in dir, und in der Welt. –

Er liebte sie, auch wenn ihr das manchmal komisch vorkam und es sich anders anfühlte, als alles, was sie kannte. Sie dachte, es ist so kühl mit ihm und hatte viele Ängste.

- Das Herz liegt zwischen dem Kopf und dem Bauch, zwischen den Gedanken und den Gefühlen, genau in der Mitte. Die Liebe kann ein Gedanke sein oder ein Gefühl, doch eigentlich ist sie eine Kraft jenseits der Gedanken und Gefühle. Eine Kraft, die einfach da ist, die keinen Unterschied macht zwischen Groß und Klein oder zwischen Arm und Reich. –

Wie sagte es ihr Vater manchmal:

„Du musst nicht glauben, dass es bei den Reichen anders riecht, wenn sie vom Klo kommen." –

Sie lebten zusammen in einer schönen Wohnung, mit allem was man sich wünschen kann; aber die Traurigkeit in ihr und der ständige Versuch, alles mit dem Kopf zu durchdenken und zu beurteilen oder in ihren Gefühlen zu versumpfen, machten ihr das Leben schwer.

Sie war eine Prinzessin des Kopfes geworden, der alles teilte, in Gut und Schlecht und den Blick für das Ganze, das Herz, verloren hatte.

- Die Liebe ist eine Kraft jenseits von Gut und Böse und wenn sie allumfassend ist, kann sie kein Gegen-teil haben. –

Der Weg zurück

- Sich morgens über den Sonnenaufgang freuen, über den Kaffee aus fernen Landen, über das Brot, dass letztes Jahr noch als Ähren auf dem Feld stand, über die Butter von den Kühen auf der Weide und die selbstgemachte Marmelade von der ehemaligen Nachbarin.

Spazieren gehen im Park. An den See liegen zum Picknick. Die Wiese unter den nackten Füßen spüren, oder sie zum Abkühlen in den Bach hängen. All die Tiere und Tierlein bewundern. Den Regen ins Gesicht tropfen spüren.

Sich selbst und anderen Vergeben und Dankbar sein für das All-tägliche. Sich hingeben und fallen lassen, in das, was man gerade tut.

Sich mit Freunden treffen, Reden und Schweigen. Zusammen sein, ohne etwas zu müssen. Nur das tun, zu dem dein Herz „ja" sagt. –

Frei sein mit der Liebe im Herzen. Und wenn du an etwas denkst, dass dich nervös macht, male dir in Gedanken das Beste aus – das, was dich in Frieden bringt und dein Herz warm und leicht werden lässt. -

Kapitel 7

Es war ein Freitag der 13te. Ein Glückstag. Ein Tag, an dem die Entscheidung fiel – eine Entscheidung das Wohlbekannte zu verlassen – eine Entscheidung für das Leben.

Wieder einmal hatte die Prinzessin Ärger mit den „Chefs" ihrer Arbeits-stelle. Sie wurde vorgeführt, verbal angegriffen und sollte ihre Kolleg-innen verraten –

Sie tat es nicht – sondern packte die Gelegenheit beim Schopf; holte am nächsten Tag noch ihre Sachen, und ging ihren eigenen Weg.

Mit Mut in den Taschen, sich auf ihre innere Stimme verlassend, die ihr schon lange sagte, dass ihr diese Arbeitsstelle nicht mehr gut tat.

Namaste

- Lass mich zu deinem Herzen sprechen:

Geh deinen Weg. Verrate nie deine Träume, sondern träume sie behutsam in dein Leben hinein. Dein Glück findest du nur in Dir. –

Mögen alle Wesen glücklich sein, Möge die Prinzessin, die Prinzessin ihres eigenen Herzens sein. – In Ewigkeit. Amen -

Alles fühle sich jetzt anders an; da war vielleicht noch Angst, aber auch das Gefühl, das Richtige zu tun.

Ihre Füße hörten auf zu schmerzen. Ihre Gesichtszüge wurden wieder weicher und die Freude kehrte mehr und mehr zurück in ihr Leben.

- Wenn wir den Weg unserer Herzen gehen, steigt langsam aber sicher wieder das Gefühl der unbe-kümmerten Freude in uns auf. Eine Freude des einfach-da-seins – und mit ihr wächst das Vertrauen in die Liebe zu uns selbst und allen Geschöpfen. –

***

Text und Cover by **Tom Krikowski**

www.tomkrikowski.de

Illustrationen im Innenteil by

© Henrike Kuhmann

www.illustrationen-der-maerchen.com

© SELBST Verlag 06|17

Auch erschienen:

„Die Königin des Herzens"

Der zweite Teil der kleinen Geschichte, vom Weg zurück zur Selbstliebe. Das Erwachen des Bewusstseins.

„Sein & Tun" Kartenset für und gegen Langeweile

68+2 Karten zur Inspiration mit Begleitbüchlein.

Die Geschichte von Sanft und Mut

Regenbogen-Prosa

Herstellung und Verlag:
BoD - Books on Demand, Norderstedt
ISBN 978-3-7448-5494-1